Zíiniyah:
Hait'éego Naadą́ą́' Shónáozt'e'
Zinnia: How the Corn Was Saved

Written by Patricia Hruby Powell
Illustrated by Kendrick Benally
Navajo by Peter A. Thomas

Salina Bookshelf, Inc.
Flagstaff, Arizona 86001

Library of Congress Cataloging-in-Publication Data

Powell, Patricia Hruby, 1951-
Zinnia : how the corn was saved / written by Patricia Hruby Powell ; illustrated by Kendrick Benally ; translated by Peter A. Thomas ; [edited by Jessie E. Ruffenach]. -- 1st ed.
p. cm.
In English and Navajo.
Summary: A retelling of the Indian legend which explains why the Navajo always plant a scattering of zinnia flowers among their food crops and respect every spider.
ISBN 1-893354-38-5 (alk. paper)
1. Navajo Indians--Folklore. 2. Spiders--Folklore. 3. Zinnia--Folklore. 4. Corn--Folklore. [1. Navajo Indians--Folklore. 2. Indians of North America--Southwest, New--Folklore. 3. Folklore--Southwest, New. 4. Zinnia--Folklore. 5. Spiders--Folklore. 6. Navajo language materials--Bilingual.]
I. Benally, Kendrick, ill. II. Thomas, Peter, 1951 Oct. 4- . III. Ruffenach, Jessie. IV. Title.
PZ90.N38P68 2003
[398.2]--dc22

2003017241

Edited by Jessie Ruffenach
Translated by Peter A. Thomas
Designed by Bahe Whitethorne, Jr.

Printed in Hong Kong

First Printing, First Edition
09 08 07 06 05 04 03 10 9 8 7 6 5 4 3 2 1

The paper used in this publication meets the minimum requirements of the American National Standard for Information Sciences — Permanence of Paper for Printed Library Materials, ANSI Z39.48-1984.

Salina Bookshelf, Inc.
Flagstaff, Arizona 86001
www.salinabookshelf.com

Navajo stories were once only sung or chanted. This safeguards the stories, so they are told carefully and told well. In this way, even if there are changes in each new telling, the heart of the truth survives.

Patricia Hruby Powell

Diné bich'į' dahodiiznáá'. Sáanii k'ééda'didléehgo Ch'osh nanise' yi'íinii atso bits'áá' bitsiin
nídayiigháásh. Naa'óí k'ináádeididléehgo nahachagii yaa náánáséehgo atso náádeidįįh. Ch'ééhjiyáán dóó
ta'neesk'ání k'ináádeididléehgo Ch'osh dit'ooí atso bit'óól náádeichosh.

Sáanii naadą́ą́' dóó naa'oí k'eelyéí shijáá'dę́ę́' hanáádeizhjaa'. K'inááda'deesdla' nít'éé' nahóótą́ą́go
álástii'ę́ę atso adaheez'éél. Naayízí dóó ch'ééhjiyáán seitahgóó k'ináádeideesdla' nít'éé' t'áadoo
nahóótą́ą́góó jóhonaa'éí atso bitólę́ę náyíítsei. Nanise' bit'ólę́ę t'óó dadizéí tsin bisgą' nahalingo. Sáanii
k'eelyéí silnilę́ędę́ę' a' hanáádeizhjaa'. K'ináádeideesdla' áko táadi azlį́į'. T'áadoo nahóóltą́ą da. Diné
ch'ééh nítsą yíká tsodadilzin ákonidi t'áadoo nahóótą́ą da. K'idadeesyá'ą́ą t'óó atso bi nídahooltsei.

The Diné, the Navajo people, were troubled. When the women planted corn, cutworms devoured
the young stalks. When they planted beans, locusts ate the sprouts. When they planted squash and melons,
caterpillars destroyed the vines.

The women took corn and beans from their food jars. Again they planted, but the rain washed away
the seedlings. They planted squash and melon in the sandy desert soil, but no rain fell and the sun robbed the
vines of moisture. Vines crumbled like dry twigs.

Again the women took seed from their food supply. They planted a third time. No rains came. The
Diné prayed for rain, but no rain came. The crops perished in the drought.

Diné hastói dah hataaígíí a' yee yi ahi dahoolne'. Hataaii sin yee hóótáál dóó sodizin a' yee haadzíí'. Atso hóótáál dóó sodoolzingo ání, "Doo yá'át'éehii bicha ha'oh naanáájį́ níléí k'ida'deesya'ą́ą bitahdi, nihits'ą́ą' neitseed lá. Asdzáán Nádleehé ání Na'ashjé'ii Asdzáán hadadínóohtaa éí nihíká' anilyeed dabididoohnii. Na'ashjé'ii Asdzáán éí ts'ídá ashkii Tsídiichíí' wolyéhégíí t'éí yich'į' hadoodzih. Níléí ha'a'aahjigo yich'į' doogháá."

The Diné consulted a medicine man. He began to chant and sing. When he finished his chant, he said, "I see Dark Shadow, the Evil One, moving among our crops, killing them. Changing Woman bids us to seek her weaver, Spider Woman, for help. Spider Woman will speak only to the boy named Red Bird. He must go east to find her."

Naat'áanii hastįį biye' Tsidiiłchíí éí naakits'áadah binááhai, eí Na'ashjé'ii Asdzáán haidínóotaał nihidine'é yíká' adoolwoł biniiyé.

"Shizhé'é, hash yit'éego bik'í dínéeshtááł? Haash nóolnin?" níigo ashkii na'ídééłkid.

"Nił bééhódoozįįł bik'i níínítą́ą'go," níigo Naat'áanii t'áá' hanáádzíí'. "Diyin Dine'é nik'i dadiilnii'."

The Headman told his twelve-year-old son, Red Bird, that he must seek Spider Woman in order to help his people.

"Father, how am I to find her? What does she look like?" asked the boy.

"You will know her when you find her," responded the Headman. "You are favored by the Holy People."

Biiskání hayííką́ą́dą́ą́' Tsídiichíí' nídii'na'
dóó ha'a'aah bich'į'jigo nikiníyá. T'áá hódahgo dah
adii'ą́ą̨go tséyi' léi' bidáágóó yigháá. Tséyi' bidáa'gi
tsídii daaltso léi' t'iis íí'áago yą̨ą̨h dah naháaztą́ą̨go
yiyiitsą́. "Tsídii zhóní, Na'ashjé'ii Asdzáán lá háadi
kééhat'į̨," níigo nayídéékid.

"Na'ashǫ́'iibáhí níléí tséyi' góyaa naaghá
nabídíkid…." daaníigo dahataa.

Before dawn the next morning, Red Bird awoke and began his journey, headed east. At midmorning he walked along the ledge of a canyon. Up on the rim, he saw a tree filled with sun-yellow birds. "Brilliant birds, could you tell me where Spider Woman lives?"

The birds sang, "Ask the lizard down in the canyon . . . ."

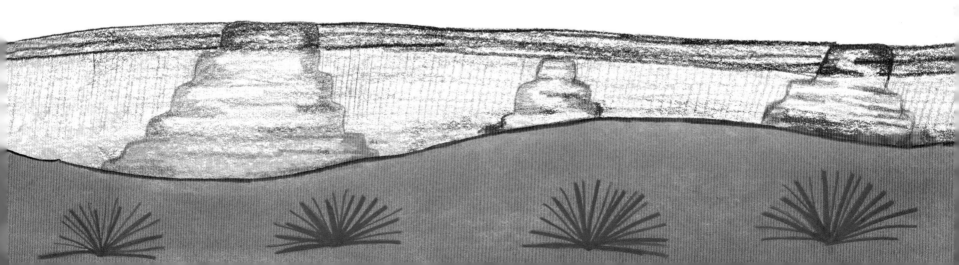

Ashkii tséyi' bidáá'góó ayoots'ih dóó tséyi' góyaa déez'íį'. T'áadoo yaa' ákoniizį'í t'óó disǫs léi' tsé'áán bidáá' gónaa bee na'neest'ónée yi'ądiiltáál.

Bit'óól ílíinii áají' bit'óól áts'óózígo yee haas'na' dóó bitóól naneesdizée bibąąhjį' eelwod. "Ha'ísíigo yínáá." Biní na'ashjé'ii.

Honeetehída Tsídiichíí náhaastah háílá haadzíí' nízingo. Tsídii t'éí yiyiitsá t'óó dahataago ádaaní, "Shádi'áahjigo tséyi' góyaa adani'nééh. Na'ashǫ'iibáhí éí bi bééhózin Na'ashjé'ii Asdzáán bik'í díníítáadi." Tsídii tsin a' náádeez'áají' dah náádadiit'a' bits'osę́ę hadahasáago. Ats'os daaltsogo ni'jį' nidahaasaal dóó t'iisę́ę bitsį́įdóó ch'ilátahózhóón daaltsogo háájéé'.

The boy crept along the ledge and peered down into the canyon. Without noticing, he upset a web of shiny thread that was spun over the mouth of a cave.

The owner of the web descended by a thin strand, and then scrambled to safety near the edge of her web. "Watch your foot!" demanded the spider.

Red Bird spun around to see who had spoken to him. He saw only the birds above, who sang out, "Climb into the canyon – to the south. The lizard will know where to find Spider Woman." The birds fluttered to new branches, which sent their feathers floating in the air. The cloud of yellow down drifted to the ground and sun-yellow flowers rooted below the tree.

Tsídiichíí' tséyi' góyaa adah ee'na'. Tsé léi' si'ą́ągo bikáa'gi na'ashǫ́'iibáhí áts'íísí léi' bik'i' diidíingo sitį́. "Na'ashǫ́'iibáhí naayeeí, háadi la Na'ashjé'ii Asdzáán kééhat'į́? Níigo nayídéékid.

Na'ashǫ́'iibáhí t'óó tséyi' bit'áahgóó bádah náádílnih. "Níléí e'e'aahjigo Tiníléí hanítá. Éí bi bééhózin." T'óó bits'ą́ąjį' dah diina', nidadeestáłę́ęgóó ch'ilátahózhóón daaltsogo hadahineesá.

Red Bird climbed down into the dry canyon. On a warm rock, a small lizard basked in the midday sun.
"Dreaming lizard, could you tell me where Spider Woman lives?"
The lizard pointed along the canyon floor. "Find the Gila monster – to the west. He'll know." As he crawled away, a trail of sun-yellow flowers bloomed in his tracks.

Tsídiiłchíí tséyi' góyaa yigháął nít'éé' tó níłtsą'go yik'í níyá. T'ah násídóó tóháą t'áá lą'í nílį silįį'. Ákwe'é tiníléí tábąąhgóó áhodilhoshgo sitį. "Tíníléí, háadi lá Na'ashjé'ii Asdzáán kééhat'į?"

Tiníléí nilk'ółgo ch'énádzid dóó ádahodeełáago adíízhéé', "Ashkii, náshidiniłt'e' yee'! Níléí náhookǫsjigo tó nílínígíí hónaníjí tł'iish ánínígíí tsé deez'á bikáa'gi ałhosh éí hádídíí'įįł. Éí bił bééhózin." Bizhéé' séí bikáa'jį' diłdasęędę́ę' ch'ilátahózhóón daaltsogo háájéé'.

Red Bird walked along the bottom of the canyon until he found a trickle of water. Further on it became a flowing river. There he found the Gila monster dozing on the bank. "Great Gila monster, could you tell me where Spider Woman lives?"

The Gila monster blinked awake and spat with annoyance. "You woke me, boy! Cross the river. Look for a rattlesnake – to the north, sleeping on a ledge. He'll know." His spittle sprinkled into the sand and sprang up as sun-yellow flowers.

Tsídiiłchíí tsé'naa ninádzáá dóó tseyi' bidáa'jį' hanás'ná. Ákwe'é nít'éé' tł'iish ánínígíí tsékáá'góó e'e'aahjį' akée'di adoodláłígíí bee bik'i diidíingo sitį. "Tł'iish hóyáanii, háadi la Na'ashjé'ii Asdzáán kééhat'į?"

"Níléí ha'a'aahjigo, díí tsé ní'áhígíí bidáa'gi. Ákwe'é tse'édzis bidáa'gi na'ashjé'ii bik'í díníítááł." Níigo tł'iish ádííniid. Tł'iish be'agháłęę t'áá yáłti'go séí biyi'jį' naalts'id, áádóó ch'ilátahózhóón łitso léi' haníísą.

Red Bird crossed the river and climbed back up to the rim of the canyon. There he found the rattlesnake basking in the day's last sunlight. "Wise snake, could you tell me where Spider Woman lives?"

"On this ledge – to the east," hissed the snake. "There you will find a spider at the mouth of a crevice." As he spoke, the snake's rattles dropped off and became sun-yellow flowers growing in the sand.

Tsídiiłchíí' tsédáágóó yigháál níléí tsé'édzis bidáagi na'ashjé'ii bitł'óól
bee na'astł'óonée yik'i níyá. Tséyi' náhookós bidáá'jígo, ákwe'é Na'ashjé'ii
Asdzáán bitł'óól naneezdizéę ałníi'di dah sidá. Bee ná'álkadí dadisǫsgo yidiz.
Na'ashjé'ii Asdzáán bee ná'álkadí dadisǫséę ła' ni'jį' nayiinííł. Bee ná'álkadí
ni'jį' nanidéhéędóó ch'ilátahózhóón daaltsogo hanáánáájéé'.

Red Bird traveled along the ledge to where he had found the web over the crevice. There, Spider Woman, on the north ledge of the canyon, sat in the middle of her web. She was spinning more shiny thread. Spider Woman dropped strands of shiny thread onto the ground. As she did so, up sprang even more yellow flowers!

"Shoo, na'ashjé'ii na'at'ó'í. Ni Na'ashjé'ii Asdzáán ánit'į́," ní Tsídiichíí'.

"Aoo' shí ásht'į́. T'áá kǫ́ǫ́ honíshǫ́." Níigo Na'ashjé'ii Asdzáán t'áá na'níle'dii haadzíí'. "T'áá kǫ́ǫ́ sédáago shit'óól bik'ą́ą́h yíníyá táá' ániidígo. Aají tsídii hahóó'áhígíí nabídííníkid, áko shíká' azhdoolwo t'áadoo nínízini! Shí éí shi bééhózinígi át'éego bichaha'oh nidaají'ígíí bik'e hodidoodlee." Níigo Na'ashjé'ii Asdzáán t'ááyó bíni' yii'a' léi.

"T'áá shǫǫdí doo t'áá' ákóshnéego ásdzaa da. Shí ashkii doo hóyáanii nishį́į́ da. Nigo shíká' anilyeed nizhdó'ne'ígi íisdzaa, jó tsídii da ábidííniid. Shí dóó shidine'é níléí bichaha'oh naají'ígíí nahgóó nihá hódíílíí danídzin. T'áá' íiyisíí nich'į' choda'isiil'įįd," níigo Tsidiichíí' ná'ookąąh.

"Excuse me, weaving spider. You must be Spider Woman," said Red Bird.

"Yes, I am – and I always have been," snapped Spider Woman. "I was here earlier when you bumped my web. You asked those raucous birds instead of asking me, so don't try to get any favors of me now! *I'm* the one who knows how to get rid of the Dark Shadow," said Spider Woman, very much annoyed.

"Please pardon me for my mistake. I'm a foolish boy and I should have asked you for help, not the birds. My people and I need you to get rid of the Dark Shadow. We need you quite desperately," pleaded Red Bird.

Díí ha'oodzí'ígíí Na'ashjé'ii Asdzáán bi yá'át'ééh. "T'áá áko. Níhíká' adeeshwo. Asdzą́ą́ Nádleehí áshíní biká' anilyeed ní." Na'ashjé'ii Asdzáán bit'óól átse a' yinináánáshnishgo, índa Tsídiichíí' yich'į'go názyiz. "Díigi' át'éego binahat'a' Asdzą́ą́ Nádleehí át'į́ tsídii átsé bik'i níínítą́ą́' dóó ch'ilátahózhóón yinitsą́ áko índa shik'í nínítą́ą́'. Ch'ilátahózhóón Tsídii bą́ą́h nanidéehgoósh yinitsą́? Na'ashǫ́'iibáhí ch'il bílátada'altsogo t'áá' ákǫ́ǫ́' niyiiznilígíísh? Tiníléí nik'i deezhéésh? T'iish bitsee' bą́ą́h naníídee'ésh? Ch'ilátahózhóón daaltsoyę́ę náhílááh. Bikét'óól t'áá baa' ahólyą́ągo. Naadą́ą́' dóó naa'óí dóó ch'ééhjiyáán dóó naayízí bi k'ididííléé. Nik'eelyéí yiską́ągo hadoojah dóó biiskání dínóot'į́į. Diné t'áá' íiyisíí nída'dínóot'į́į." Na'ashjé'ii Asdzáán niyáníti' dóó bit'óól yee nínáá'ákadgo yaa nínáádiidzá.

This speech pleased Spider Woman. "All right. I must help you. Changing Woman insists that I help you." Spider Woman worked on her web for a moment longer, and then turned to Red Bird. "This is her plan. Changing Woman made you find the birds and see the flowers before you found me, anyway. Did you see the flowers that the birds let fall from their plumage? The yellow blossoms that the lizard left behind? That the Gila monster spat at you? That fell from the snake's rattles? Scoop up the yellow flowers. Be careful with the roots. Plant them in your fields with your corn, beans, melons, and squash. Your crops will grow up tomorrow and ripen the next day. The Diné will have plenty." Spider Woman stopped talking and began mending her web again.

Tsídiiłchíí ch'ilátahózhóón tsídii dóó na'ashǫ'iiłbáhí dóó tiníléí dóó tł'iish t'áá' ákǫ́ǫ́ nideiznilę́ę hayiizgeed.
Bidine'é yaa néiníjaa' dóó Na'ashjé'ii Asdzáán ádííniidę́ę yee yił hoolne'. Diné ch'ilátahózhóónée yił k'ida'deezlá dóó t'áá
éí bitł'éé' da'neestą́, t'áá Na'ashjé'ii Asdzáán ádííniidę́ę bik'ehgo. Doo yá'át'éehii bichaha'oh naajį'ę́ę yóó'eeldoh.

Red Bird dug up the yellow flowers that the birds, the lizard, the Gila monster, and the rattlesnake had left behind. He brought them to his people and gave them the message Spider Woman had told him. The Diné planted the flowers along with the crops and the crops ripened overnight, just as Spider Woman said they would. Dark Shadow, the Evil One, left the fields.

Éí k'ehgo dííjįįdi Diné k'ida'diiléego
níí'ii'nił nitsaaígíí yił k'ida'dilée łeh.
Áádóó na'ashjé'ii t'áá deiíkááh shį́į́ yaa háą́h
danízin, ei shį́į́ Na'ashjé'ii Asdzáán da' át'į́į
łeh danízingo biniinaa.

Since then, the Navajo always plant a scattering of zinnias among their cornstalks. And they respect every spider, just in case she's Spider Woman.

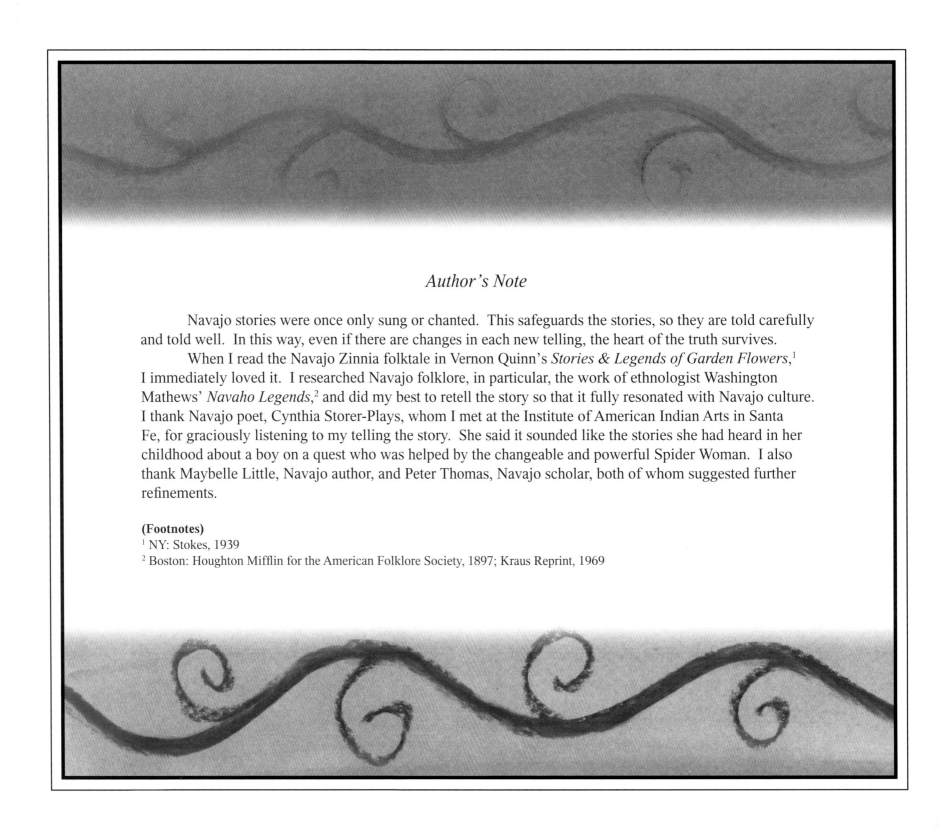

Author's Note

Navajo stories were once only sung or chanted. This safeguards the stories, so they are told carefully and told well. In this way, even if there are changes in each new telling, the heart of the truth survives.

When I read the Navajo Zinnia folktale in Vernon Quinn's *Stories & Legends of Garden Flowers*,[1] I immediately loved it. I researched Navajo folklore, in particular, the work of ethnologist Washington Mathews' *Navaho Legends*,[2] and did my best to retell the story so that it fully resonated with Navajo culture. I thank Navajo poet, Cynthia Storer-Plays, whom I met at the Institute of American Indian Arts in Santa Fe, for graciously listening to my telling the story. She said it sounded like the stories she had heard in her childhood about a boy on a quest who was helped by the changeable and powerful Spider Woman. I also thank Maybelle Little, Navajo author, and Peter Thomas, Navajo scholar, both of whom suggested further refinements.

(Footnotes)
[1] NY: Stokes, 1939
[2] Boston: Houghton Mifflin for the American Folklore Society, 1897; Kraus Reprint, 1969